小學生同義詞自測
初階篇

商務印書館

小學生同義詞自測（初階篇）

主　　編：商務印書館編輯部
責任編輯：洪子平
封面設計：涂　慧
出　　版：商務印書館 (香港) 有限公司
　　　　　香港筲箕灣耀興道 3 號東滙廣場 8 樓
　　　　　http://www.commercialpress.com.hk
發　　行：香港聯合書刊物流有限公司
　　　　　香港新界大埔汀麗路 36 號中華商務印刷大廈 3 字樓
印　　刷：中華商務彩色印刷有限公司
　　　　　香港新界大埔汀麗路 36 號中華商務印刷大廈 14 字樓
版　　次：2019 年 6 月第 1 版第 3 次印刷
　　　　　© 2015 商務印書館 (香港) 有限公司
　　　　　ISBN 978 962 07 0384 3
　　　　　Printed in Hong Kong

使用說明

　　「同義詞」是意思相同、相近的詞語。這些詞語放在一起會令你難以選擇，甚至越想越疑惑。這是一次有相當難度的挑戰！

(1) 把測試成績記錄下來。答對 1 分，答錯 0 分，每 50 題做一次小結，看看表現怎樣。

(2) 左頁每條題目提供 2-3 個同義詞給你選擇，請你根據句子內容，選出正確答案。

(3) 做完左頁全部題目，才翻開長摺頁核對答案。無論答對還是答錯，你都應該仔細閱讀右頁的解說，弄清楚這些詞語的區別。

(4) 完成所有測試後，可以把這本書當作「小學生同義詞讀本」使用。

必須 / 必需

水是我們生活中 _____ 的東西。

突出 / 凸出

這孩子最 _____ 的
地方是心地善良，
樂於助人。

度過 / 渡過

在婆婆家，我 _____
了愉快的童年。

次序 / 秩序

我們應該把時間分配好，
把事情一件件依着 _____
去做。

必需

必須：強調必要的行動。

必需：強調必要有的物品或東西。

突出

突出：指超過了一般。

凸出：指物體高出或鼓起來。

度過

度過：指時間上過了一段時間，如假期、新年、一天
　　　等。

渡過：指經過了一段距離的地方，如河流、大海、困
　　　難、難關等。

次序

次序：先後順序。

秩序：有條理、不混亂的情況。

發明 / 發現

愛迪生 _____ 了電燈。

幅 / 副

姐姐很喜歡這 _____ 舊手套。

來回 / 來往

這條路正在翻修路面，不許車輛 _____ 。

巨大 / 重大

聽過老師的意見後，小強對這篇文章作了 _____ 修訂。

答案 發明

發明：無中生有，被創造出來。

發現：已經存在，被找出來了。

答案 副

幅：單件的東西，一般形容布料、絲織品、圖畫等。

副：用來表示一雙、一整套的東西，如臉上的東西都是
　　成雙成對的，所以說「一副臉孔」。

答案 來往

來回：①在一段距離之內去了再回來。

　　　②來來去去不止一次。

來往：指來和去。

答案 重大

巨大：強調物體很大。

重大：強調事件很重要。

留心／留意

今天上學途中，他 _____ 到路口那家甜品店換了一個招牌。

簡陋／簡潔

班長的發言很 _____，才一分多鐘就完結了。

收成／收穫

在這次暑假訓練營裏，同學們都有不錯的 _____。

保存／保留

這個城市的許多歷史遺跡都 _____ 下來了。

6

留意

留心：注意、小心，要有所提防。
留意：一般指集中注意於某一件事物上。

簡潔

簡陋：簡單粗陋、條件差，一般形容房屋、設備等，是
　　　貶義詞。
簡潔：簡單、容易理解，一般形容說話、文章等，是褒
　　　義詞。

收穫

收成：專門指農業、漁業取得的成果。
收穫：除了指農業、漁業取得的成果，還可比喻工作、
　　　學習、戰爭所取得的成果。

保留

保存：着重於使物件能夠長久地存在。
保留：除了使物件能夠長久地存在，還能保持原來的樣
　　　子。

簡易 / 簡單

這條數學問題太
_____ 了，小傑馬上
就算出答案。

專心 / 用心

志強 _____ 準備了一
個禮物，想在生日那天
送給媽媽。

明白 / 清楚

看了這篇週
記，老師終於
_____ 小強為
甚麼每天上學都
遲到了。

讚美 / 讚賞

老師對志明的突出表現十分 _____ 。

簡單

簡單：不複雜，容易使用或處理。

簡易：不複雜，容易去做或進行，一般形容方法、辦法
　　　等。

用心

專心：集中精神、認真地做事。

用心：花費很多心思、氣力去做事。

明白

明白：作動詞時，着重指由不了解到了解。

清楚：作動詞時，着重指清晰地了解。

讚賞

讚美：讚揚、歌誦的意思。

讚賞：除了讚揚之外，被讚揚的對象還得到別人的欣
　　　賞、肯定。

夾 / 合

他剛剛擠上地鐵，門就從身後 _____ 上了。

點 / 按

這裏有兩個門鈴，我們應該 _____ 哪一個呢？

倚 / 傍

她 _____ 牆而立，顯得無所事事。

躺 / 趴

他 _____ 在牀上，而他的貓就坐在他的背上。

拋 / 擲

今晚誰做飯？我們 _____ 硬幣決定吧。

答案 **合**

夾：從兩邊鉗住或限制住。

合：從外向內或兩邊向中央關閉。

答案 **按**

兩詞都是人的手部動作。

點：用手指輕輕地與物體接觸，接觸範圍很小。

按：用手或手指向下用力。

答案 **倚**

兩詞都是人的身體動作。

倚：靠着的意思。

傍：挨在人或物品的旁邊。

答案 **趴**

躺：身體橫倒或平臥。

趴：身體向前靠在物品上。

答案 **擲**

兩詞都是手部動作。

拋：指用力向上扔出去。

擲：指用力向前扔出去。

觀看 / 觀察

我們坐在路邊，_____ 日落。

照射 / 照耀

陽光 _____ 大地，萬物欣欣向榮。

分割 / 分開

保安把人群 _____，好讓嘉賓進場。

降落 / 降臨

夜幕 _____ 了，花朵上出現了一顆顆小露珠。

答案 **觀看**

觀看：帶有欣賞的意思。
觀察：仔細地察看。

答案 **照耀**

照耀：光線照在物體上，範圍很廣，光度較強。
照射：光線集中照在物件上，範圍很小。

答案 **分開**

分開：使人或物不放在一起，如「分開兩塊豬肉」。
分割：把一個整體強行分開，如「把一塊豬肉分割成
　　　兩塊」。

答案 **降臨**

兩詞都有從上往下移動的意思。
降臨：強調已經停留在低處的狀態。
降落：着重的是從上往下的動作。

照料 / 照顧

阿妙去參加暑假訓練營這段時間，媽媽把她的小狗皮皮 ＿＿＿＿＿ 得很好。

播放 / 播映

老師 ＿＿＿＿＿ 了一段街頭採訪的錄音，然後讓同學們談談感想。

聊天 / 談話

老師走進教室時，看到小芸正在開心地跟幾個女生 ＿＿＿＿＿。

幫忙 / 幫助

在同學的 ＿＿＿＿＿ 下，小波的學習成績有了很大的提高。

答案 照料

照料：關心和料理，如照料家務、孩子、動植物等。

照顧：特別關心，並且給予優待，如照顧病人、
老人等。

答案 播放

播映：「播映」的內容跟影像有關。

播放：「播放」的內容較廣，可以是聲音，也可以是影像。

答案 聊天

聊天：輕鬆、隨意地跟別人說話。

談話：比「聊天」認真，說話內容沒那麼隨意。

答案 幫助

幫助：替人出力、出主意或給予各方面的支持。

幫忙：別人有困難或有需要的時候，給予協助。

建築 / 建設

新機場的 ＿＿＿＿＿，大大提高了香港的航空運輸能力。

年青 / 年輕

阿姨化過裝後，樣子比真實的年齡 ＿＿＿＿＿ 了。

延長 / 延伸

學校小賣部的營業時間 ＿＿＿＿＿ 到下午五時。

包裝 / 包裹

請將這盒糖果幫我 ＿＿＿＿＿ 好，我好拿去送朋友。

建設

建築：指建造房屋、道路、橋樑等。

建設：指興建新設施，開創新局面。

延長

延長：重點在「長」，指時間、路線上加長了。

延伸：重點在「伸」，指路線增加了長度，伸展至
　　　某一個地段。

年輕

年青：指正在青年時期，即 20 至 30 歲之間。

年輕：指年紀很輕。青年和少年兩時期，即 12 歲到
　　　30 歲之間，都可以用「年輕」來形容。

包裝

兩詞都是把物品包起來的意思。

包裝：對象是商品，也指包裝所用的材料。

包裹：對象是所有物品，也指包紮好的物件。

勤勞 / 勤奮

小明這學期
非常 _____，
難怪取得
好成績啦！

入圍 / 入選

經過兩輪激烈的比賽，有五支
隊伍 _____ 總決賽了。

日子 / 日期

媽媽一直記着那個難
忘的 _____，還經
常跟我們提起。

規則 / 規矩

在遊戲開始之前，老師向我
們說明了遊戲的 _____。

18

答案 勤奮

勤勞：做事努力，不怕辛苦。
勤奮：不停地努力，爭取好成績。

答案 入圍

入圍：經過挑選，進入下一階段。
入選：經過挑選，被取錄或選定。
「入圍」是仍在過程中，「入選」是已有結果。

答案 日子

日子：指固定的某一天。
日期：指約定的日子和時間。

答案 規則

規則：規定出來供大家一起遵守的辦法。
規矩：指長期使用，被人接受的標準、習慣和法則。

急促 / 急忙

隨着 _____ 的鐘聲
響起，表示小息完
結，要上課了。

恰當 / 妥當

這件事辦得很
_____，絕對
不會出現問題。

良好 / 優良

這個城市的空氣質素
_____，連續多年
排在全國
首位。

十分 / 非常 / 異常

那一年，流行性感冒來得
_____ 猛烈，全班有 80%
的同學被感染了。

答案 急促

急促：快而短促。
急忙：心裏着急或情況緊急而加快行動。

答案 妥當

恰當：合適，強調恰到好處。
妥當：合適，強調不會出現問題。

答案 優良

良好：重點在「好」，表示令人滿意。
優良：重點在「優」，表示十分好，好的程度比「良好」
高。

答案 異常

十分：足夠的意思。
非常：指不同於平常。
異常：指超出一般，與眾不同。
三詞按程度深淺排列（由淺至深）：十分→非常→異常

眼到心到學字詞

　　這些詞都跟身體動作有關，請你把詞與圖正確地配搭起來。

1 倚　•　　•**A**

2 傍　•　　•**B**

3 躺　•　　•**C**

4 趴　•　　•**D**

轉自《眼到心到學字詞・初階篇》，商務印書館，2011年

詞語對對碰

請你為編號2-10的詞語找出它們的反義詞。

研究	優良 (5)	行動	妨礙 ①
輕快	陰暗	遮擋	照耀 (3)
緩慢	消失	升起	保存 (9)
秩序 (4)	擾亂	普通	討論
行為	降落 (10)	銷毀	觀察 (2)
幫助 (1)	胡亂	急促 (6)	混亂
失常	不必	惡劣	必須 (7)
異常 (8)	跌倒	正常	不能

答案在書末

23

服用 / 食用

水果一定要清洗乾淨後才可以 _____。

細心 / 小心

_____ 那隻貓，牠會用爪子抓你。

雪白 / 潔白

每當客人坐下來，侍應都會遞上 _____ 的毛巾，讓客人先抹抹手。

建設 / 建造

這些年政府在城市公共設施的 _____ 上投入了巨大的財力。

答案 食用

兩詞都是吃的意思。
服用：對象是藥物。
食用：對象是一般食物。

答案 小心

細心：指觀察、做事時很謹慎，不犯錯誤。
小心：指處理問題、待人接物時很注意，留神，不犯錯
　　　誤。

答案 潔白

潔白：沒有被其他顏色污染的白色。
雪白：像雪一樣的白色。

答案 建設

建設：創辦新事業，增加新設備。
建造：修建、製造。

渺小 / 細小 / 微小

在神秘的大自然面前，我們人類的力量顯得多麼_____。

幼小 / 幼稚

現在我才明白到當初的想法是多麼_____。

張開 / 開啟

這種工具可以_____各種類型和尺寸的瓶子。

光亮 / 明亮

聽到這個消息，他的眼睛一下子變得_____了。

答案 渺小

三詞都形容小。

渺小：較多用來形容精神、思想、力量方面。

細小：較多指體積的小，也可用來形容體態、聲音、事情等。

微小：形容體積時，比「細小」更小，也可用來形容價值、數量、影響等。

答案 幼稚

幼小：年紀很小，一般用來形容小孩、小動物等。

幼稚：原來形容小孩子很天真，不複雜，但很少用在小孩身上，多數用來形容成人，像小孩一樣天真、沒經驗，思想不成熟。

答案 開啟

兩詞都是打開的意思。

張開：把合起來的東西打開，如雨傘、雙手等。

開啟：把關閉的東西打開，如門、窗、蓋子、按鈕等。

答案 明亮

光亮：光線很充足，很耀眼。

明亮：建築物內光線充足，也發亮，如眼睛明亮，也可形容心裏明白，如內心明亮。

兇猛 / 兇惡

獅子是
一種 _____ 的
動物。

誠實 / 老實

雖然他看上去挺 _____ 的，
但實際上他也會時不時來點意
外的驚喜。

扮演 / 表演

我非常喜歡你在這
部舞臺劇裏面的
_____ 。

美麗 / 漂亮

我們面前的是
一片 _____
的景色。

兇猛

兇惡：形容人或動物在行為、相貌等方面十分可怕。
兇猛：形容人或動物在氣勢、力量等方面十分強大。

老實

誠實：一個人言行一致，不說謊，跟「虛偽」相反。
老實：一個人不但誠實，還循規蹈矩，不惹事，跟「狡
　　　滑」相反。

表演

表演：戲劇、舞蹈等的演出，把情節或技藝表現出來。
扮演：打扮成某個人物，出場表演。

美麗

美麗：形容女性的容貌、姿態，也可以形容自然界的風
　　　光景色。
漂亮：男女都可用，也可以形容服飾、用具等。

看望 / 探訪

這些義工定期去 ＿＿＿＿＿ 老人院，跟老人們一起玩遊戲。

挑選 / 選擇

我在兩種 ＿＿＿＿＿ 之間猶豫不決。

柔和 / 溫和

月亮升起來了，整個世界沐浴在 ＿＿＿＿＿ 的月光裏。

茂盛 / 茂密

我家的窗戶後面有一片 ＿＿＿＿＿ 的青草地。

答案 探訪

兩詞都是到別人處問候對方，了解情況。

看望：對象一般是長輩或親友。

探訪：對象較廣，可以是親戚、朋友也可以是團體、機構。

答案 選擇

挑選：從一定數量的人或物中找出符合要求的。

選擇：選擇也是找出符合要求的，但範圍比「挑選」大。

答案 柔和

柔和：不強烈，讓人感到舒服。一般形容聲音、光線、感覺等。

溫和：很適中，恰到好處，讓人感到親切。一般形容天氣，人的性情、態度、言語等。

答案 茂盛

茂盛：植物生長得多，而且很健康。

茂密：草木長得多，而且很濃密，一般形容森林、樹木枝葉的生長情況。

優美／精美

他生日那天
得到了一套
_____ 的
茶具。

講述／講解

為了讓每個學生都能理
解，老師重點 _____ 了
這段內容。

辦事／辦公

他 _____ 的地點
在這棟樓的
第二層。

舉行／舉辦

新產品發佈會將於明天下午
二點在六樓會議廳 _____。

精美

優美：美好，對象是風景、建築、工藝品等。

精美：指外表精緻美好，對象是建築、工藝品、絲織品、器物等。不能用來形容風景。

講解

講述：把道理或事情的經過講出來。

講解：重點在「解」，指把道理或事情的經過講出來，還加以解釋，讓對方明白。

辦公

辦事：處理一般的事情。

辦公：處理跟工作相關的事情。

舉行

舉行：一般與所進行的活動的時間、場所連用，如「晚會在八時舉行」、「操場上正在舉行攝影展覽」。

舉辦：一般與所進行活動的負責人或團體連用，如「晚會由學生會舉辦」、「巴西舉辦了上一屆世界盃」。

這些詞都有小的意思，你能把詞與圖正確地配搭起來。

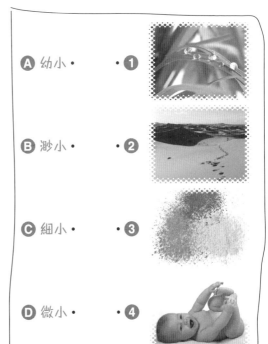

A 幼小·　　·**1**

B 渺小·　　·**2**

C 細小·　　·**3**

D 微小·　　·**4**

轉自《眼到心到學字詞‧初階篇》，商務印書館，2011年

詞語對對碰

請你為編號1-10的詞語找出它們的反義詞。

虛假	強大	建造 (4)	難看
強烈	大意	廣大	紊亂
兇惡 (6)	漂亮 (8)	渺小 (2)	毀壞
巨大	漆黑	冷淡	造作
擾亂	精美 (10)	重要	簡單
陰暗	老實 (5)	整齊 (9)	細心 (1)
雪白 (3)	和氣	寒冷	和善
虛偽	簡陋	消滅	溫和 (7)

答案在書末

35

整齊 / 整潔
同學們自覺地排起了 _____ 的隊伍。

朗誦 / 朗讀
在晚會上，姐姐深情地 _____ 了她自己創作的小詩。

破裂 / 破爛
這部車的玻璃 _____ 了，因此不能在公路上行駛。

談論 / 討論
接下來的時間，老師要求他們 _____ 如何提高學習效率的問題。

整齊

整齊：有秩序，不雜亂。

整潔：除了不雜亂，還有清潔。

朗誦

朗讀：大聲地把文章讀出來。

朗誦：有感情地，通過不同語調把作品讀出來。對象一
　　　般是詩歌或散文。

破裂

破裂：完整的東西受損，出現了裂縫。

破爛：完整的東西被打破了，四分五裂。

討論

談論：以談話的方式來表示對人對物的看法，態度較隨
　　　意。

討論：對某一問題，互相交換意見或進行辯論。

寶貴 / 名貴 / 珍貴

這條項鍊是她所有的首飾當中最 _____ 的。

清潔 / 清淨

她非常渴望去一個 _____ 的地方休息幾天。

清理 / 清除

趁着週末，全家人一起動手 _____ 房間的衛生。

黑暗 / 陰暗

進入冬季後，黑夜來得更早了。不到晚上六點天空就變得 _____ 了。

名貴

三詞都是貴重的意思。

寶貴：強調很有價值，十分難得。如生命、時間、經驗
　　　等。

名貴：強調價值很高，要花很多錢才能買到。如首飾、
　　　器具等。

珍貴：強調極有意義或價值，值得珍惜、重視。如禮
　　　物、資料、友誼等。

清淨

清潔：沒有污垢、塵土。一般形容事物或人身上的東
　　　西。

清淨：不受外界干擾，很安定。可形容環境、人的心
　　　境。

清理

清理：徹底查清楚或處理好問題。

清除：徹底去掉，除去。

陰暗

陰暗：缺乏光線或光線不足。

黑暗：沒有光亮，比「陰暗」更進一步。

等待 / 等候

遠遠地，我看到她正在麥當勞門口 _____ 着我們。

特別 / 特殊

這個包裝盒太 _____ 了，媽媽決定保存下來。

舒服 / 舒適

她們終於找到了一間 _____ 的酒店，可以美美地睡一覺了。

暖和 / 溫暖

在這個特別的時刻，媽媽的關心讓她感到非常 _____ 。

答案　等候

等待：強調一直在等，直到期待的人、事物或情況出現為止。

等候：在使用時有一個具體對象，如等候朋友、客人、消息等。

答案　特別

特別：與眾不同，不平凡。

特殊：跟同類事物或平常情況不一樣，多指奇特的事物或情況。

答案　舒適

舒服：身體或精神上感到輕鬆、愉快。

舒適：舒服、安閒、合意，一般形容生活、環境、物品等給人的感覺。

答案　溫暖

暖和：天氣不太冷也不太熱。

溫暖：除了天氣不冷不熱，更可用來形容得到別人關心和愛護的感受。

巧妙／奇妙

海洋深處的世界真是 ＿＿＿＿ 極了。

注意／注視

她的言行舉止太奇怪了，馬上引起周圍人群的 ＿＿＿＿ 。

貧窮／貧苦

自從父母雙亡後，他一直在街頭流浪，過着 ＿＿＿＿ 的生活。

財富／財產

我一直認為，健康的身體才是我們人生最大的 ＿＿＿＿ 。

奇妙

巧妙：指方法、技術、動作等很高明，不尋常。

奇妙：神奇，讓人感到興趣。

注意

注意：把精神集中在人或事物上。

注視：視線集中地看着某一點。對象可以是人、物或抽象事物。

貧苦

貧窮：缺少錢物。

貧苦：除了缺少錢物，生活還很艱難。程度上比「貧窮」更嚴重。

財富

財富：具有價值的東西。

財產：屬於國家、集體或個人所有的有價值的東西，如土地、房屋、金錢等。

「財產」是「財富」的一部分。

修理 / 修補

雖然屋頂已經 _____ 過，但仍然有雨水滴下來。

負責 / 負擔

失業之後，他連兒子的學費都 _____ 不起了。

節省 / 節約

我們都應該自覺地 _____ 用水，不要隨便浪費水資源。

附近 / 周圍 / 旁邊

在校園 _____，有一片小小的園林，那是我們下課後散步的地方。

修補

修理：把殘缺、損壞的東西恢復形狀、功用。

修補：重點在「補」，把不完整、破損的東西修正補充，
　　　變得完整無缺。

負擔

負責：負上責任。

負擔：指承擔，對象一般是沉重的、壓力大的、重大的
　　　東西，如任務、費用、責任等。

節約

節省：盡量減少消耗。一般指應該用的節省下來，少用
　　　甚至不用。

節約：指不應該用的就不用，可以少用的就少用。

附近

附近：靠近，離開不遠的地方。

周圍：在中心點的四周。

旁邊：靠近的地方，指左右兩邊，不包括前面、後面。

「旁邊」相對近些，範圍較小；「附近」及「周圍」
較遠，範圍較大。

認為 / 覺得
這遊戲太好玩了，我們玩了很久，一點也不_____疲倦。

消除 / 消滅
只有這種方法，才能使他_____錯誤的想法。

課外 / 課餘
我們平日要多閱讀，吸收多些_____知識。

結果 / 後果
這件事的_____很嚴重，你真的要想清楚啊！

消除

消除：使之不存在，除去的意思。一般指不好的東西，
　　　如顧慮、疾病、威脅、災難等。

消滅：除掉，使之滅亡。對象一般是敵對的人或有害的
　　　事物。

覺得

認為：表示某種確定的看法。

覺得：①產生了某種感覺。
　　　②跟「認為」同義，但語氣較不肯定。

課外

課外：課堂以外。

課餘：上完課後餘下來的時間。

後果

結果：指事物最後的狀況。

後果：事情最後的結果，一般都是壞的。

掛念 / 惦記

他老是 _____ 着
明天做身體檢查的
事,竟一夜沒睡好。

責備 / 責怪

媽媽嚴厲的 _____
讓她明白到自己闖了
大禍。

仔細 / 詳細

花了一個下午的
時間,他做出了
一份 _____ 的
計劃書。

懷念 / 悼念

他是多麼 _____ 小時候和
外婆一起生活的日子!

惦記

掛念：對人或對物，想念對方，對方經常出現在自己心
　　　裏。

惦記：比「掛念」更深刻，老是想着，不能忘記。

責備

責備：批評別人的過錯。

責怪：指責並埋怨別人。

兩詞也可用在自己身上。語氣上，「責怪」比「責備」
　　　輕。

詳細

仔細：指認真、細心地去做事，如仔細地分析、研究、
　　　聆聽等。

詳細：指完整、細密，如詳細地思考、調查、説明等。

懷念

兩詞都是想念的意思。

懷念：可以是對活人的想念，也可以對死者的思念。

悼念：哀痛地想念死者。

推 / 撐

經常大吃大喝，會很容易把胃口 ＿＿＿＿＿ 大的。

拉 / 拖

他 ＿＿＿＿＿ 着笨重的行李箱，走了十多分鐘，才找到出口。

拔 / 摘

睡覺前請把戒指 ＿＿＿＿＿ 下來！

噴 / 灑

灑水車經過我身邊時，水 ＿＿＿＿＿ 了我一身。

撐

推：向外面用力，使物品移動。

撐：用工具或雙手支持住物體。

拖

拉：用力使物品向自己的方向或跟着自己走動。

拖：拉着物品使它在地面上移動，這動作強調物體一定
　　要在地面上。

摘

拔：將固定或藏着的東西向外拉出來。

摘：將物品分離，拿下來。如把樹葉、果實從樹上摘下
　　來，把飾物從身上摘下來。

灑

噴：液體或氣體受到壓力向外散着射出。

灑：液體或其他物品分散地落下。

安靜 / 平靜

經過一天的思考，現在他的心情很 _____ 。

慌張 / 驚慌

事情發生得太突然了，他感到非常 _____ 。

精巧 / 精緻

這件清代的傢具實在太 _____ 了，現代的人未必做得出來。

重新 / 從新

爸爸，我一定會 _____ 做人，不再讓你失望！

平靜

安靜：沒有聲音，不吵鬧。一般形容環境、人的狀態。
平靜：沒有波動，很平穩。一般形容心情、表情、環境。

驚慌

驚慌：很吃驚，不知該怎麼辦。
慌張：心裏緊張，動作很忙亂。

精巧

精巧：重點在「巧」，強調器物的技術精密、製作巧妙。
精緻：重點在「緻」，指物件的外表很精美、細緻，讓人喜愛。

重新

重新：①重複，再做一次。
　　　②改變方式、內容，再做一次。
從新：情況出現了變化，只好放棄之前的成果，根據新的情況，從頭做起。

激烈／強烈／猛烈

小強的優異表現，激起了
阿健 _____ 的
好勝心。

古怪／奇怪

這個 _____ 的瘋子
是誰，他一來大家全
都跑了！

錯誤／過失

由於他的 _____，
公司造成了巨大的
損失。

歡迎／迎接

他到達機場的時候，發現妻子早就在
那裏等着 _____ 他了。

答案 強烈

三詞都有程度很深的意思。

激烈：着重指場面方面異常刺激。

強烈：着重指力量方面強而有力。

猛烈：着重指氣勢方面非常強大。

答案 古怪

奇怪：出乎意料，讓人感到意外，莫名其妙。

古怪：貶義詞，指跟一般情況很不相同，使人難以理解
　　　和接受。

答案 過失

錯誤：指不正確，不符合事實的思想、行動、事物。

過失：指生活上、工作上因不小心、大意而發生問題。

答案 迎接

歡迎：①高興地迎接客人。　②樂意接受。

迎接：到指定的地點去接待客人。

打開 / 張開

這鳥兒 ＿＿＿＿＿ 翅膀，向藍天飛去！

平均 / 均勻

我能感覺到火車一直是以 ＿＿＿＿＿ 的速度往前開的。

會見 / 見面

你好！想不到我們能夠再次 ＿＿＿＿＿ 。

集中 / 集合

我們先到處逛逛，下午六時再在這兒 ＿＿＿＿＿ 吧。

56

答案 張開

打開：指把蓋子拿走或把關閉的東西開放。
張開：使合起來的東西向外分開。

答案 均勻

平均：分成同等份量，沒有多少、輕重的分別。
均勻：數量、力量等分佈相同。

答案 見面

見面：指兩個人走在一起，見到對方。
會見：跟地位相等的訪客見面，如「我國官員會見外國
　　　官員」。

答案 集合

集中：把分散的人、物或力量聚集在一處，範圍較小。
集合：許多分散的人或物聚集在一定範圍之內。

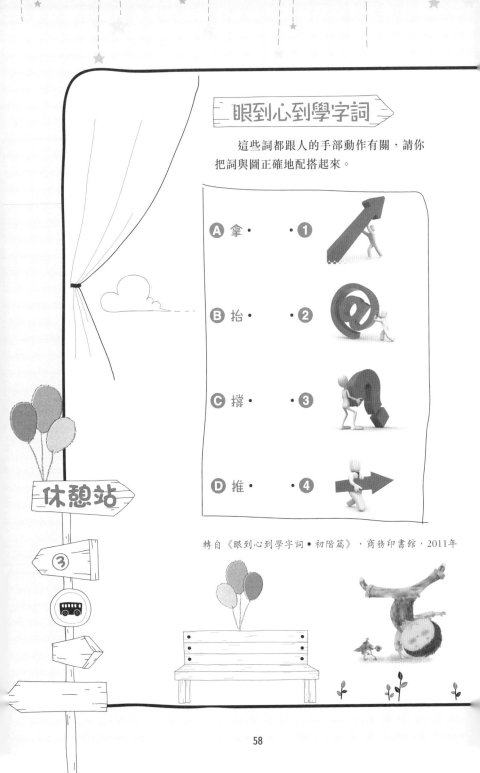

眼到心到學字詞

這些詞都跟人的手部動作有關，請你把詞與圖正確地配搭起來。

Ⓐ 拿・　　・❶

Ⓑ 抬・　　・❷

Ⓒ 撐・　　・❸

Ⓓ 推・　　・❹

轉自《眼到心到學字詞・初階篇》，商務印書館，2011年

休憩站

詞語對對碰

請你為編號1-10的詞語找出它們的反義詞。

節約 (3)	繁忙	鼓勵	簡單
稱讚	過失 (9)	熱鬧	貧窮 (2)
簡陋	行動	成就	增加
混亂	周圍 (4)	成果	巧妙 (10)
進行	奢侈	責備 (7)	生存
笨拙	詳細 (6)	笨重	遙遠
消滅 (5)	富裕	安靜 (8)	豐富
中央	功勞	等待 (1)	平常

答案在書末

59

踩 / 踏

這隻小壁虎並不是害蟲，
請不要 ＿＿＿＿＿＿ 死牠。

踢 / 跨

前面出現了一
條小水溝，讓
我們 ＿＿＿＿＿＿
過去吧！

掛 / 吊

我記得這裏的風扇以前
是 ＿＿＿＿＿＿ 在屋頂上的。

脫 / 掉

這兩段文字有些重複，
我建議你刪 ＿＿＿＿＿＿
其中一段。

答案 踩

兩詞都是人的腳部動作。

踩：整個腳掌接觸地面或物體。

踏：使腳底接觸地面，一般不要很用力，相當於行走，
　　例如「踏步」。

答案 跨

兩詞都是人的腳部動作。

踢：抬起腳用力伸出或猛擊。

跨：抬起腳大步向前移動。

答案 吊

掛：借助繩、鈎、釘等使物體附着高處或連到另一物
　　體上。

吊：用繩子等繫着向上提或向下放。

答案 掉

兩詞都是落下的意思。

脫：着重使之離開的意思，如脫落、脫離等。

掉：着重減少的意思，如除掉、減掉、失掉等。

交流 / 交換
我們經常聚在一起，_____ 意見。

接見 / 會見
校長 _____
家長代表，聽取
有關學生膳食的
意見。

少量 / 少數
他們靠着 _____ 的食物和水，
在荒野生存兩星期。

辛苦 / 困難
爸爸為了家庭，
每天都 _____ 地
工作。

交換

兩詞都是彼此把自己的給對方。

「交流」的東西是看不見的、抽象的，如思想、感情、
　經驗等。

「交換」的一般都是實實在在的東西，如禮物、文件、
　意見等。

會見

接見：在正式場合跟級別較低的訪客見面，如「官員接
　　　見團體代表」。

會見：跟地位相等的訪客見面，如「我國官員會見外國
　　　官員」。

少量

少數：形容的東西是可以量度、計算的。

少量：形容的東西是不可以量度、計算的。

辛苦

辛苦：強調的是個人的感受。

困難：一般用來形容事情、工作、處境等，
　　　不能用來形容人。

疲勞／疲倦
終於爬到山頂了，小明感到
非常 ＿＿＿＿。

面孔／面貌
從第一次見到她，他就記住
了這張美麗的 ＿＿＿＿。

情形／情況
隨着天氣愈來愈冷，
狗狗的身體 ＿＿＿＿ 也
愈來愈不好了。

破壞／損害
不久前發生的
地震對這座古
老的建築造
成了巨大的
＿＿＿＿。

疲勞

疲勞：勞動或運動後，身體需要休息的情況。
疲倦：感到困倦，帶有睡意。

面孔

兩詞都指人的臉。
面貌：比喻事物呈現的景象狀態，如城市面貌。
面孔：只適用於人，不能用於事物。

情況

情形：事物呈現出來的樣子。
情況：事情在變化中的狀況。
兩詞有時可通用，如學校情況（情形）、生活情況（情形）
等。

破壞

破壞：事物受到損害，對象大多是事物、建築物、
　　　物體結構等。
損害：使利益、事業、健康等有所損失，對象大多是國
　　　家、集體、個人等。

欣賞 / 觀賞

湖面上開滿荷花，吸引了不少遊客前來 ＿＿＿＿＿＿ 。

充分 / 充足

他的繪畫才能在這次比賽中得到 ＿＿＿＿＿＿ 的發揮。

充沛 / 充裕

自從退休後，父親的時間一下子 ＿＿＿＿＿＿ 起來。

匆忙 / 匆促

時間太 ＿＿＿＿＿＿ 了，我們還是搭地鐵去那裏吧！

觀賞

欣賞：用喜悅的心情，享受美好事物，領略其中趣味。

觀賞：通過觀看事物，領略其中趣味。

充分

充分：足夠、盡量的意思，多數指較抽象的事物，
　　　如道理、理由等。

充足：能夠滿足需要的意思，多數指較具體的事物，
　　　如糧食、工具、光線等。

兩詞有時通用，如「充分（足）理由」。

充裕

充沛：不僅充足，而且旺盛，一般形容體力、精神、
　　　感情等。

充裕：不僅充足，而且富裕，一般形容時間、經濟、
　　　物資等。

匆促

匆忙：急急忙忙的樣子，一般形容行動。

匆促：行動很快，強調時間不充足。

灑 / 淋

美麗的雪花輕柔地
_____ 向大地，
不一會兒世界便
披上了銀裝。

切 / 割

_____ 菜的
時候要特別
小心你的
手！

捲 / 裹

毯子用完後，請
你把它 _____
起來。

炒 / 炸

這菜 _____ 得真香，
讓人垂涎欲滴！

愛護 / 愛戴

張老師是學校裏
最受學生 _____
的老師。

答案 灑

灑：液體或其他物品分散地落下。
淋：液體從高處落在其他物體上。

答案 切

切：用刀從上向下用力。
割：把刀把骨和肉分開，也指把東西切開。

答案 捲

捲：把物體彎成圓筒形的形狀。
裹：用紙、布或其他片狀物包住物品。

答案 炒

炒：把食物放在有油的鍋裏，用火加熱，並不斷翻動，
　　使它變熟。
炸：把食物放在煮沸的油中弄熟。

答案 愛戴

愛護：有愛惜、保護的意思，可用於人或物。用在人，
　　　是平級之間（同學、朋友）或上級對下級
　　　（父母對子女、軍官對士兵）的用詞。
愛戴：有敬愛和擁護的意思，是下級對上級
　　　（學生對老師、平民對領袖）的用詞。

69

小食 / 零食

聽説臺灣的 ＿＿＿＿＿ 很有名，下次去臺北一定要嚐一下。

緊張 / 興奮

這次比賽他們竟奪得了團體冠軍！同學們 ＿＿＿＿＿ 地唱起歌來。

更改 / 更換

這部電視機 ＿＿＿＿＿ 零件後，已經回復正常。

平均 / 平等

這次旅遊的費用由我們兩人 ＿＿＿＿＿ 分擔。

答案 小食

小食：正式飯菜以外的熟食。

零食：正常飯食以外的零星食物，一般份量都是很輕
　　　的。

答案 興奮

緊張：精神處於高度準備的狀態。

興奮：高興到了極點，非常激動。

答案 更換

更改：改變、改動。

更換：用新的或不同的物品代替原來的物品。這詞可用
　　　於人或物。

答案 平均

平均：分成同等份量，沒有多少、輕重的分別。

平等：指享有同等權利、地位。

食用 / 品嚐
這家餐廳的甜品很有名，我們找時間去 _____ 一下好嗎？

難受 / 難過
有人説，世上最 _____ 的事情莫過於等待。

悲慘 / 可憐
非洲正在遭受戰爭和饑荒，人們過着 _____ 的生活。

壯觀 / 美觀
從遠處看，這瀑布看起來很 _____。

繁華 / 興盛
經過多年發展，這一帶愈來愈 _____ 了。

品嚐

食用：吃、進食的意思。
品嚐：用心地、仔細地辨別味道。

難受

兩詞都形容人的感受。
難受：①身體感到不舒服。②心情不愉快。
難過：內心痛苦。

悲慘

悲慘：指遭遇極其痛苦，令人傷心。
可憐：值得同情的意思。

壯觀

壯觀：指景象雄偉壯麗。
美觀：指外形很好，漂亮。

繁華

繁華：繁榮熱鬧的景象。
興盛：很盛大，很有生氣，形容事物發展得很好。

中心／中央

他們一早就站在廣場的 _____，
等候觀看升旗儀式。

午夜／深夜

這家小商店營
業到 _____
十二時。

工錢／入息

這些工人真可憐，
他們已有兩個月未拿到
_____ 了。

強大／強壯

不管敵人多麼 _____，我們都要打敗
他們。

答案 中央

中心：①與四周距離相等的位置或部位。
　　　②佔據重要地位的地方。
中央：①中間位置。②指國家領導所在的地方。

答案 午夜

午夜：即半夜，指晚上十二時到早上一時之間的時間。
深夜：指半夜以後，即晚上十二時以後的一大段時間。

答案 工錢

工錢：對勞動或個人服務所支付的錢。
入息：個人賺取的金錢。

答案 強大

強壯：形容人或動物的身體健康而有力。
強大：可用於國家、政治勢力等，指愈來愈有影響力。

花白／蒼白

每當看到那張
＿＿＿＿＿＿的面
孔，我心裏就
很難過。

周圍／範圍

請勿離開這個 ＿＿＿＿＿，
以免發生意外。

旅遊／旅途

在人生的 ＿＿＿＿＿ 上，
難免遇上不如意的
事情。

清理／收拾

我的房間太零亂了，媽媽要求我有
空 ＿＿＿＿＿ 一下。

蒼白

花白：指白色和黑色混在一起，一般形容老年人的頭
　　　髮。

蒼白：指缺乏生氣和活力。

範圍

周圍：指在中心點的四周。

範圍：指一個區域的界限。

旅途

旅遊：外出遊覽、觀光。

旅途：指旅行的途中。

收拾

清理：指徹底查清楚或處理好問題。

收拾：指弄好，弄至整齊、乾淨。

隔壁 / 鄰近

_____ 孩子的哭聲吵得我們一家人睡不了覺。

出現 / 出沒

這地區經常有毒蛇 _____，要多加注意。

事情 / 事項

進入場地後，必須遵守下列注意 _____。

感謝 / 感激

如果你能接受我的道歉，我會很 _____ 的。

奔跑 / 奔馳

每逢假日，都有一群孩子在這兒嬉戲 _____。

隔壁

隔壁：指左右相連的屋子或人家。
鄰近：指位置上接近。

出沒

出現：指露出來，讓人看到、發現。
出沒：指出現和隱藏。一般用於人和動物。

事項

事情：指生活中的一切活動和遇到的情況。
事項：指事情的項目。

感激

感謝：對別人的好意或幫助表示謝意，用某種方式表達
　　　出來。
感激：表示謝意之外，還帶有激動的心情。

奔跑

奔跑：指人、動物飛快地跑。
奔馳：指汽車、火車等交通工具很快地跑。

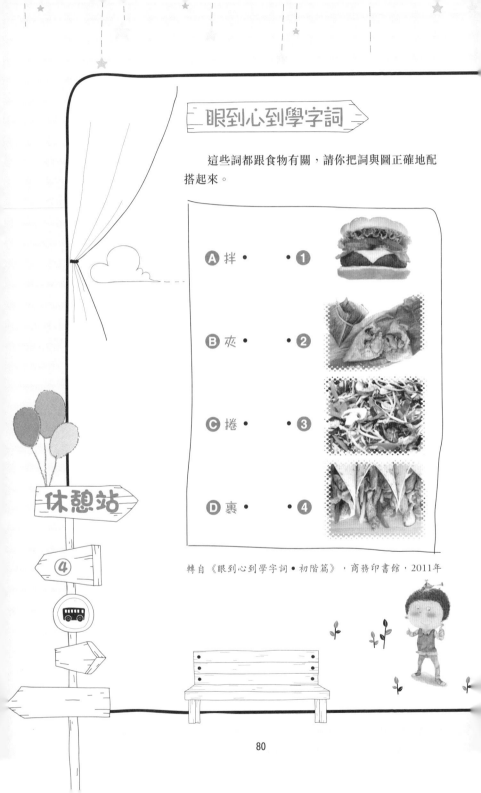

眼到心到學字詞

　　這些詞都跟食物有關，請你把詞與圖正確地配搭起來。

Ⓐ 拌 •　　• ①

Ⓑ 夾 •　　• ②

Ⓒ 捲 •　　• ③

Ⓓ 裹 •　　• ④

轉自《眼到心到學字詞 • 初階篇》，商務印書館，2011年

休憩站

④

請你為編號1-10的詞語找出它們的反義詞。

輕鬆	簡單	疲倦 (4)	緩慢
可憐 (6)	消失	從容	分裂
容易	集中 (1)	命令	細小
出現 (8)	拒絕	關閉	強大 (10)
興奮	難過 (7)	幸福	高興
請求 (9)	封鎖	同意	辛苦 (3)
打開 (2)	富裕	分散	周圍
弱小	消除	匆忙 (5)	開心

答案在書末

感覺／感受
我很喜歡這套電影，很想跟別人分享自己的 ＿＿＿＿＿ 。

觀看／觀賞
明天，我和爸爸要去體育館 ＿＿＿＿＿ 一場足球比賽。

要求／請求
媽媽 ＿＿＿＿＿ 我們每天放學後都要盡快回家。

愛護／保護
作為香港人的一份子，我們必須 ＿＿＿＿＿ 公共財物。

 **感受**

感覺：人在接觸外界事物時所引起的反應。

感受：在事後，對事物的感想、評價。

 **觀看**

觀看：重點在「看」，指用眼睛看。

觀賞：重點在「賞」，指感情上的欣賞。

 **要求**

要求：直接向對方提出願望或條件。

請求：誠懇地或禮貌地提出要求。可用於下對上，或個
人對團體。

 **愛護**

愛護：愛惜，是發自內心，自覺地去做。

保護：在行動上盡力照顧，使不受傷害、破壞。這行動
是出於責任，是很有必要的，必須去做的。

安置 / 安排

爸媽要到外國工作一個多月，把我 _____ 在叔叔家裏。

設施 / 設備

這家會所的內部 _____ 很完善。

紀念 / 懷念

媽媽很 _____ 她在美國留學時的生活。

包含 / 包括

語文學習的內容，_____ 讀、寫、聽、講四大部分。

安置

安置：使人或事物有着落，安放。
安排：有條理，有先後的處理。

設施

設備：具有特定功能，可供人們長期使用的一套裝置。
設施：為某種需要而建立的一個系統，裏面除了有各種
　　　設備，還有各項措施。

懷念

紀念：用實際行動來表達想念之情，如寫文章、辦活
　　　動。
懷念：心內想念着，不一定有行動。

包含

兩詞都是含有的意思。
包含：着重從深度或內部結構來說明。
包括：着重從範圍、數量上來說明。

比賽 / 競賽

他的巨大成就是從與時間_____中爭取得來的。

追逐 / 追趕

遠處，兩隻野鴨在池塘裏_____戲水。

準確 / 正確

科學家們正在逐步提高地震預報的_____性。

防止 / 阻止 / 禁止

警員站在馬路中央，_____行人闖紅燈。

答案 競賽

比賽：強調互相比較，看看誰更出色，誰的成績更好。

競賽：強調互相競爭而奪取勝利。

答案 追逐

追逐：一個在前面跑，一個在後面追。

追趕：強調兩者的速度都很快。

答案 準確

準確：行動的結果完全符合實際或預期。與「偏差」相反。

正確：符合事實、道理或標準。與「錯誤」相反。

答案 防止

防止：在某一件事發生前，做好準備，不讓它發生。

阻止：對正在發生的事採取行動，讓它停下來。

禁止：不容許某一件事發生，態度較嚴厲。

上學 / 上課
隔壁的小孩，經常裝病不去 _____。

呼叫 / 叫喊
哥哥太興奮了，禁不住大聲 _____ 起來。

山林 / 山野
我在 _____ 地區長大，不適應城市的生活。

一下子 / 轉眼間
我知道你是誰，但是 _____ 想不起你的名字。

88

上學

上學：指到學校裏學習。

上課：老師在學校裏教導學生或學生在學校接受老師
　　　教導。

叫喊

兩詞都是大聲地叫的意思。

「叫喊」比「呼叫」的聲音更大，傳得更遠。

山野

山林：指有山和樹木的地方。

山野：指城市外面的郊野山區。

一下子

兩詞都指時間過得很快。

一下子：含有突然的意思，如「一下子就消失了」。

轉眼間：又作「轉瞬間」，比喻時間就像翻動眼皮一樣很
　　　　快地過去。

年齡 / 年紀

爺爺 _____ 大了，
背有點駝。

偶然 / 居然 / 果然

他說過會發生這樣的事，
_____ 如此。

搜集 / 收集

在 _____ 郵票
的過程中，
我雖然花了很大
氣力，但增長了
不少見識。

荒涼 / 偏僻

沒想到你竟然住在這麼 _____
的地方。

答案 年紀

年齡：指人或動物植物已生存的年數，範圍大。
年紀：專指人的年齡。

答案 果然

偶然：強調不一定要發生而發生，與「必然」相對。
居然：強調沒有預料的事情發生了，出乎意料之外。
果然：強調事實和預想一樣發生。

答案 搜集

兩者都有把分散的東西聚在一起的意思。
收集：不需要花費多大的功夫。
搜集：要花費很多功夫。

答案 偏僻

荒涼：指沒有人在活動，冷冷清清。
偏僻：指遠離市區，少人到，交通不方便。

摔 / 投

姐姐每次生氣的時候，都會把身邊的物品 _____ 到地上。

托 / 捧

她小心翼翼地用手 _____ 着這條小魚，生怕牠掉出來了。

擦 / 刷

每次下課後，值日生都會把黑板上的字 _____ 掉。

烤 / 烘

他把弄濕了的衣服脫下來，放在火爐邊，慢慢 _____ 乾。

答案 摔

摔：用力往下扔出去。
投：向着目標扔出去。

答案 擦

兩詞都有清洗，使之乾淨的意思。
擦：用柔軟物品如布、毛巾等來摩擦。
刷：用有硬毛的工具（如刷子）去清洗。

答案 捧

托：用手掌承受着物品的重量。
捧：用兩隻手承受着物品的重量。

答案 烘

烤：把物體放近火邊，使它變熟或變乾。
烘：用火或蒸汽使身體變暖或物體變熱。

搬運 / 運送

這張餐桌很貴重，你們 _____ 它時要特別小心。

嘹亮 / 響亮

她的話音未落，台下就傳來一陣 _____ 的掌聲。

收藏 / 收集

姐姐對這個話題很有興趣，_____ 了大量的資料。

積累 / 堆積

爸爸幾天沒上班，辦公桌上的信件就 _____ 如山了。

搬運

運送：對象是人或物，用工具從一處地方送到另一處地方。

搬運：對象是物品，重點在「搬」，指花氣力把物品從一處地方送到另一處地方。

響亮

嘹亮：強調音色清脆，而且聲音高，傳得遠，通常形容歌聲、號聲、樂器聲、雞叫聲等。

響亮：形容聲音很大，使用範圍很廣，包括歌聲、樂聲、談笑聲、掌聲、腳步聲等。

收集

收集：把分散的物品聚在一起。

收藏：「收集」物品之後，還保存下來。

堆積

積累：重點在「累」，隨着時間的增加，逐漸聚集起來。

堆積：重點在「堆」，指物品一團團地放在一起。

冰冷 / 寒冷

她的神情很 _____，
沒有人願意跟她說話。

飛快 / 趕快

時間已經不多了，
你要 _____ 辦好
這件事。

光亮 / 明亮

陽光灑進來，房間裏非常 _____。

本領 / 本事

在爸爸眼中，
他是一個毫無
_____ 的人。

冰冷

寒冷：形容天氣很冷。

冰冷：形容物體的表面或人的態度像冰一般的冷，不好
靠近、接觸。

趕快

飛快：指速度很快，像飛一樣。

趕快：指抓緊時間，要加快速度。

明亮

光亮：物體表面能反射亮光。

明亮：光線充足，或物體發亮，清晰可見。

本事

本領：着重於工作的技能，指有特殊的能力、技巧。

本事：着重於活動的能力，指一般的能力。

生存 / 生活
人離開了空氣，
不能 ＿＿＿＿＿ 。

對付 / 應付
他太狡猾了，我不知道
該怎樣 ＿＿＿＿＿ 他。

差不多 / 差點兒
手提電話在桌子邊上，
＿＿＿＿＿ 就掉下去了。

需要 / 須要
這件事 ＿＿＿＿＿ 大家合作，
才能完成。

答案 生存

生存：指活在世上。

生活：人或動物為了生存而進行的各種活動。

答案 對付

兩詞都是指採取的辦法去處理人或事。

對付：對象是個別的人或事，如對付敵人。

應付：對象較廣，如應付局面、特殊情況等。有時也有
　　　隨便做，草草了事的意思。

答案 差點兒

差不多：指相差不大。

差點兒：① 質量差了一點，稍稍不足。

　　　　②指某些事情接近實現，如「差點兒死去」
　　　　　即沒有死去。

答案 須要

需要：指「應當要有」，「不可少」的意思。

須要：指「不可不」、「必定要」的意思。

滿意 / 滿足

阿蘭對自己這段時間
的表現非常 _____。

新鮮 / 新奇

這是 _____ 出爐的芝士
蛋糕，歡迎大家品嚐！

清洗 / 清潔

這些都是我們家中
經常使用的 _____
用品。

盼望 / 期望 / 渴望

父母親一直對我抱着
很大的 _____。

答案 滿意

滿足：着重感到足夠。

滿意：比滿足更進一步，不僅足夠，還達成了願望。

答案 新鮮

新鮮：剛出現不久的事物，如新鮮水果、食物等。

新奇：重點在「奇」，指不僅剛出現不久，而且十分特別
的事物。

答案 清潔

清潔：指除去污垢，弄乾淨。也可形容沒有油污、塵垢
等。

清洗：指用液體去清潔物品，洗去污垢。

答案 期望

期望：對未來的事物有所希望和等待。

盼望：「盼」與「望」都是希望的意思，盼望指深深地希
望、等待。

渴望：急不及待地希望，重點在「渴」，就像口渴的人
急着喝水一樣。焦急程度比「盼望」、
「期望」高。

長遠 / 深遠

這一天學到的知識，對我的一生
都將產生 _____ 的影響。

遊玩 / 遊覽

當你 _____ 倫敦時，
最先看到的東西恐怕就
是大笨鐘了。

跟隨 / 跟蹤

你已經這樣 _____
我三天了，不知有甚
麼企圖？

平滑 / 光滑

這塊鵝卵石表面十分 _____，
幾乎可以看到人影。

答案 深遠

長遠：未來很長時間，一般形容涉及時間的項目，如計
　　　劃、利益、構想等。
深遠：深刻而長久，一般形容意義、影響、計謀等。

答案 遊覽

遊玩：輕鬆地四處玩樂，着重玩樂方面。
遊覽：從容地到處參觀，着重觀賞方面。

答案 跟蹤

跟隨：在對方同意下，在後面跟着。
跟蹤：不經對方同意或不讓對方知道，在後面跟着。

答案 光滑

兩詞都是形容表面很滑，不粗糙。
平滑：着重表面很平。
光滑：着重表面可看到倒影、光彩。

心愛 / 喜愛

小熊貓的樣子十分惹人 _____。

跳躍 / 飛躍

這幾年在他的領導下，
公司有了 _____ 的
發展。

計算 / 量度

我好像發燒了，你用溫度
計幫我 _____ 一下吧。

注射 / 照射

這件東西在陽光 _____ 下，閃閃生光。

答案 喜愛

兩者都可以做形容詞，表示非常喜歡的人或物。
「喜愛」可以作動詞，「心愛」就不可以。

答案 飛躍

跳躍：兩腳用力向上跳起或向前跳出。
飛躍：飛得很快，跳得很遠，比喻發展迅速。

答案 量度

計算：根據已知的數量算出未知的數量。
量度：對不能直接計算數量的物體進行測定、估算。

答案 照射

注射：利用器具把液體或氣體注入物體或人體內。
照射：指光線射在物體上。

交替 / 先後

這期間，他們 _____ 在會議上作了或短或長的發言。

團聚 / 聚集

每天早上，這公園都 _____ 了一羣老人家，他們悠閒地聊天和做運動。

喚醒 / 提醒

早上還不到六點鐘，她就被一陣急促的敲門聲 _____ 了。

洗擦 / 沖洗

媽媽每次做完飯，都把廚房物品 _____ 一遍，保持清潔。

先後

交替：輪流替換、出現。

先後：一前一後地出現。

聚集

兩詞都有聚合、集合一起的意思。

團聚：專指家庭成員或親朋好友一起聚會。

聚集：指一群人集合一起，不會用在家庭成員身上。

喚醒

喚醒：把人從睡夢中叫醒，也可比喻讓人明白事情的
　　　真相。

提醒：在旁邊指點，讓對方注意。

洗擦

洗擦：用毛巾等工具，通過摩擦，洗去污垢。

沖洗：用大量液體撞擊物體，洗去污垢。

答案

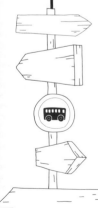

休憩站 1

眼到心到學字詞

1 A　2C　3D　4B

詞語對對碰

2　觀察 → 行動
3　照耀 → 遮擋
4　秩序 → 混亂
5　優良 → 惡劣
6　急促 → 緩慢
7　必須 → 不必
8　異常 → 正常
9　保存 → 銷毀
10 降落 → 升起

休憩站 2

眼到心到學字詞

A4　B2　C1　D3

詞語對對碰

1　細心 → 大意
2　渺小 → 巨大
3　雪白 → 漆黑
4　建造 → 毀壞
5　老實 → 虛偽
6　兇惡 → 和善
7　溫和 → 強烈
8　漂亮 → 難看
9　整齊 → 紊亂
10 精美 → 簡陋

休憩站 3

眼到心到學字詞

A4　B3　C1　D2

詞語對對碰

1　等待 → 行動
2　貧窮 → 富裕
3　節約 → 奢侈
4　周圍 → 中央
5　消滅 → 產生
6　詳細 → 簡單
7　責備 → 稱讚
8　安靜 → 熱鬧
9　過失 → 功勞
10 巧妙 → 笨拙

休憩站 4

眼到心到學字詞

A3　B1　C4　D2

詞語對對碰

1　集中 → 分散
2　打開 → 關閉
3　辛苦 → 輕鬆
4　疲倦 → 興奮
5　匆忙 → 從容
6　可憐 → 幸福
7　難過 → 開心
8　出現 → 消失
9　請示 → 命令
10 強大 → 弱小

商務印書館(香港)有限公司
THE COMMERCIAL PRESS (H.K.) LTD.

階梯閱讀空間

階梯式分級照顧閱讀差異

◆ 平台文章總數超過3,500多篇,提倡廣泛閱讀。

◆ 按照學生的語文能力,分成十三個閱讀級別,提供符合學生程度的閱讀內容。

◆ 平台設有升降制度,學生按閱讀成績及進度,而自動調整級別。

結合閱讀與聆聽

◆ 每篇文章均設有普通話朗讀功能,另設獨立聆聽練習,訓練學生聆聽能力。

◆ 設有多種輔助功能,包括《商務新詞典》字詞釋義,方便學生學習。

鼓勵學習‧突出成就

◆ 設置獎章及成就值獎勵,增加學生成就感,鼓勵學生活躍地使用閱讀平台,培養閱讀習慣,提升學習興趣。

如要試用,可進入: http://cread.cp-edu.com/freetrial/

查詢電話:2976-6628

查詢電郵:marketing@commercialpress.com.hk

「階梯閱讀空間」個人版於商務印書館各大門市有售